AF494233

5 février 1910

VENTE
Du Samedi 5 Février 1910
HOTEL DROUOT, SALLE N° 7
A DEUX HEURES

OBJETS D'ART

DE LA CHINE ET DU JAPON

COMMISSAIRE-PRISEUR
M° F. LAIR-DUBREUIL

EXPERTS
MM. PAULME & B. LASQUIN Fils

CATALOGUE

DES

OBJETS D'ART

De la Chine et du Japon

PORCELAINES ET CÉRAMIQUES

Anciennes et Modernes

BRONZES, ÉMAUX CLOISONNÉS et de CANTON

LAQUES — IVOIRES — JADES

Objets variés

MEUBLES — ÉTOFFES

DONT LA VENTE AUX ENCHÈRES PUBLIQUES AURA LIEU

HOTEL DROUOT, SALLE N° 7

Le Samedi 5 Février 1910, à 2 heures

COMMISSAIRE-PRISEUR	EXPERTS
Me F. LAIR-DUBREUIL	MM. PAULME et B. LASQUIN Fils
6, rue Favart	10, rue Chauchat | 11, rue Grange-Batelière

EXPOSITION PUBLIQUE

Le Vendredi 4 Février 1910, de 1 h. 1/2 à 5 h. 1/2

Don S. de Ric

CONDITIONS DE LA VENTE

Elle sera faite au comptant.

Les adjudicataires paieront *dix pour cent* en sus des enchères.

L'exposition mettant le public à même de se rendre compte de l'état et de la nature des objets, aucune réclamation ne sera admise une fois l'adjudication prononcée.

Paris. — Imp. de l'Art, Ch. Berger, 41, rue de la Victoire.

DÉSIGNATION

PORCELAINES ET CÉRAMIQUES
DE LA CHINE ET DU JAPON

1 — Lot de porcelaines de Chine : vase, bol, coupes, plats, assiettes et tasses. (Plusieurs fracturées.)

2 — Broc et son bassin en porcelaine chinoise laquée noir et décor en dorure. — Boîte oblongue en porcelaine laquée analogue.

3 — Pot couvert en céramique japonaise, à décor de personnages.

4 — Vasque en céramique japonaise : Enfants jouant sur le rebord.

5 — Boîte à savon en porcelaine de Chine, décor bleu.

6 — Sucrier couvert en porcelaine du Japon, décor bleu et rouge; bouton du couvercle, formé d'une chimère.

7 — Deux théières en terre émaillée en couleur imitant l'émail de Canton. Couvercles et anses en argent gravé.

8 — Théière en porcelaine du Japon, décor bleu, anse en argent gravé.

9 — Deux petits vases. Poterie de Satzuma.

10 — Quatre tasses et soucoupes en poterie de Satzuma.

11 — Quatre flacons à tabac en porcelaine.

12 — Flacon à tabac en porcelaine, décor de dragons.

13 — Paire de grands vases à longs cols en céramique du Japon, décorés en réserve sur fond brun de paysages, fleurs, en couleurs et dorure; anses dorées à palmettes.

14 — Lot de vingt-deux bols de grandeurs et décors différents en porcelaine de Chine et Japon, décor bleu.

15 — Onze petites coupes, soucoupes, compotiers et assiettes en porcelaine de la Chine et du Japon, décor bleu.

16 — Deux bols avec couvercles et présentoirs, un flacon et huit petites tasses de forme octogonale en porcelaine de Chine, décor bleu, à médaillons.

17 — Deux bols en porcelaine de Chine jaune.

18 — Six coupes en porcelaine de Chine.

19 — Vase en porcelaine de Chine à col rétréci, décor d'arbustes et faons en bleu.

20 — Autre vase de forme analogue, plus petit, décor bleu.

21 — Trois bols, dont un couvert, en porcelaine de Chine, décorés en émaux de couleurs sur fond rouge et bleu lavande de fleurs et dragons.

22 — Quatre petits bols avec leurs couvercles en porcelaine de Chine, décor bleu et or avec fleurs transparentes.

23 — Pot couvert en porcelaine de Chine, décor bleu à pivoines, paysages et bordure à grecques.

24 — Jardinière hexagonale en porcelaine du Japon, décor de paysages maritimes en bleu.

25 — Veilleuse, de forme hexagonale, en porcelaine de Chine ajourée et petits médaillons à personnages en bleu.

26 — Jardinière, de forme octogonale, en porcelaine du Japon, décor de paysages maritimes en bleu ; base ajourée.

27 — Vase à quatre faces en porcelaine de Chine, décoré en émaux de couleur : paysages avec figures, fleurs et ustensiles en réserve, sur fond vert, carrelage de fleurs.

28 — Vase-gargoulette en ancienne porcelaine de Chine, décor bleu : Paysage maritime.

29 — Grosse potiche couverte en porcelaine de Chine, à décor bleu : Paysage maritime, avec large lambrequin à l'épaulement.

30 — Paire de potiches couvertes en ancienne porcelaine de Chine, décor de dragons et flammes en bleu sur blanc.

31 — Pot sphérique couvert en porcelaine de Chine, décoré de fleurs et bordures en lambrequins en émaux de couleurs sur fond jaune et rinceaux.

32 — Deux coupes en grès à anses feuillage de vigne, doublées de métal.

33 — Vase en céladon flambé de Chine.

34 — Petit vase-rouleau en céladon craquelé de Chine : Personnages.

35 — Paire de vases carrés en céladon flambé de Chine.

36 — Bouteille carrée en porcelaine de Chine.

37 — Brûle-parfum couvert en porcelaine de Chine, fond bleu. Anses restaurées avec des attaches en argent.

38 — Bouteille en porcelaine du Japon, à décor de chrysanthèmes.

39 — Potiche couverte en porcelaine japonaise.

40 — Bouteille en porcelaine de Chine, fond brun uni.

41 — Vase à deux petites anses en céladon de Chine, fond noir.

42 — Quatre tasses en porcelaine ajourée de Chine; monture métal.

43 — Cornet en porcelaine de Chine, fond bleu sur pied laqué noir et rouge.

44 — Paire de grosses potiches avec leurs couvercles en ancienne porcelaine du Japon, décor polychrome à fleurs, oiseaux, phénix et lambrequins.

45 — Plat en ancienne porcelaine de Chine, famille rose, décoré au centre d'une réserve en forme de feuille avec paysage et pont; bordure à lambrequins, fond rose caillouté.

46 — Deux assiettes en porcelaine de Chine, décors différents en émaux de couleurs des familles verte et rose.

47 — Petit plat-réchaud en porcelaine de Chine, décor polychrome.

48 — Grand plat creux en ancienne porcelaine de Chine, à décor de branches fleuries de pivoines.

49 — Plat rond en ancienne porcelaine de Chine, décoré en émaux de couleurs et dorure d'un médaillon central, avec paysages maritimes.

50 — Petite coupe à eau en forme de fleurs de lotus en ancienne porcelaine de Chine, décor bleu et blanc, avec branches et insectes en relief.

51 — Paire de bols en ancienne porcelaine de Chine, décorés en émaux de couleurs : arbustes fleuris, bordure verte à petites réserves de fleurs. Époque Konghy.

52 — Paire de petites coupes rondes en porcelaine de Chine fond jaune, décor de caractères et ruban en bleu clair et dorure. Époque Kien-lung.

53 — Éléphant en ancien grès flambé, sur socle en bois sculpté.

54 — Statuette de lettré assis, tenant un livre ancien en gris émaillé bleu.

55 — Très petit vase en porcelaine gris vert truité.

56 — Petite coupe, de forme ronde et lobée, en ancienne porcelaine flambé-rougeâtre, à anses dauphins et repose sur trois pieds.

57 — Petit vase pitong quadrilobé en porcelaine fond bleu, à pointillés en relief, décoré de deux réserves fleurs et personnages en émaux de couleur. Époque Kien-lung.

58 — Paire de pots cylindriques couverts en porcelaine de Chine, décorée en émaux de

*

couleurs de la famille verte à branchages fleuris et oiseaux. Monture en bronze ciselé et patiné.

59 — Paire d'aiguières en ancienne porcelaine de Chine sur fond rouge de fer soufflé, décorées d'ustensiles en réserve de blanc et de quatre réserves décor de branchages fleuris en émaux de couleur. Mauvais état.

60 — Bouteille à panse sphérique, col cintré et évasé, en porcelaine de Chine, décor en gravure et en émaux de couleur de dragons.

61 — Vase à long col évasé, de forme hexagonale, décor d'arbuste et faon en bleu; bordure du col en argent ciselé. Socle en bois de fer.

62 — Petite bouteille-aspersoir en ancienne porcelaine de Chine, décor d'arbustes en bleu. Col à double renflement.

63 — Deux pots sphériques en porcelaine de Chine, décor semblable : fleurs de pêchers sur fond bleu marbré, grandeurs différentes; bouchons en argent ciselé.

64 — Grande potiche en ancienne porcelaine flambée, bleu et vert; monture en bronze ciselé doré à milleraies.

65 — Bouteille à col rétréci en ancienne porcelaine de Chine rouge lie de vin ; monture en bronze ciselé doré. Empire.

66 — Potiche en ancienne porcelaine de Chine, époque Ming, décor d'oiseaux phénix en réserves rondes sur fond blanc; base à grecque et bande à rinceaux de feuillages et fleurs en couleur à l'épaulement.

67 — Pot sphérique en ancienne porcelaine de Chine, à décor d'ustensiles en bleu sur blanc.

68 — Grosse potiche en ancienne porcelaine de Chine, décor polychrome. Époque Ming.

69 — Vase-rouleau en ancienne porcelaine de Chine, fond jaune, décor bleu à rinceaux de feuillages, lambrequins et palmes à la base et au col.

70 — Vase-rouleau en ancienne porcelaine de Chine, décor de dragons dans les flammes de rouge et or. Socle en bois de fer ajouré.

71 — Potiche couverte en ancienne porcelaine de Chine bleu fouetté, décorée de six réserves de fleurs, oiseaux et chimères sur les flots en bleu et brun. Monture en bronze ciselé doré à feuillages et godrons.

72 — Paire de vases-rouleaux en ancienne porcelaine de Chine bleu fouetté, décorés de quatre grandes réserves : paysages, animaux et personnages en bleu sur blanc. Montures semblables au numéro précédent.

73 — Petite coupe libatoire en ancien blanc de Chine, à décor en relief de branchages fleuris.

74 — Petite coupe, forme sphérique, en ancien grès émaillé de Chine, dit clair de lune, repose sur trois pieds.

75 — Petite statuette de Matreya en ancien grès émaillé vert et jaune.

76 — Paire de chimères, avec figurines, en ancien grès émaillé vert et jaune.

77 — Petit groupe de deux figures en ancien blanc de Chine.

78 — Paire de bouteilles à cols cylindrique et évasés, panses hexagonales avec motifs ajourés à travers desquels on aperçoit le corps de la bouteille avec dragons en relief, décor en émaux de couleur, sur fond jaune impérial. Époque Kien-lung.

79 — Grand vase pitong, forme de tronc d'arbre, en céladon flambé violacé; socle en bois noir ajouré.

80 — Pot en ancienne porcelaine de Chine, décor bleu à caractères, fleurs et lambrequins ; couvercle et socle en bois noir.

81 — Grosse bouteille en céladon rouge craquelé de la Chine, décor polychrome : arbuste, fleurs, oiseaux et animaux.

82 — Paire de vases en porcelaine de Chine, décor en émaux de couleurs : personnages, arbustes, rochers, table et ustensiles ; anses en relief têtes d'éléphants et anneaux simulés. Époque Kien-lung.

83 — Grande boîte, de forme sphérique et aplatie, décorée sur fond rouge lie de vin de pivoines et de réserves à personnages. Époque Kien-lung. Socle en bois noir.

84 — Potiche en ancienne porcelaine de la Chine, décor de personnages et enfants dans un paysage, avec roche. Époque Ming. Couvercle et socle en bois noir.

85 — Petit sucrier en porcelaine de Chine, décor de paysage en grisaille et en rouge.

86 — Vase à eau, en forme de pêche, à anse creuse et bec, en ancien céladon vert d'eau et taché rouge,

87 — Coupe libatoire en corne de rhinocéros, finement sculptée. Travail chinois.

BRONZES

ÉMAUX CLOISONNÉS ET DE CANTON

88 — Bonbonnière ronde en bronze, décorée en relief de dragons. Travail chinois.

89 — Paire de vases en bronze chinois, à col évasé, décorés en relief, sur la panse, de dragons.

90 — Coupe libatoire à trépied en bronze chinois, avec inscription.

91 — Groupe en bronze patiné et feuilles gravées et dorées, formé d'une figure de Chinois assis auprès d'un ballot sur un rocher. Socle à quatre pieds têtes d'animaux.

92 — Brûle-parfum en bronze ciselé, à trépied; couvercle en bois de fer ajouré.

93 — Paire de vases-cornets en bronze chinois, à renflement médian et col évasé.

94 — Quatre petites coupes en métal gravé, à bord contourné et centre percé.

95 — Paire de flambeaux de pagode en bronze chinois, avec leurs cierges en cire moulée.

96 — Vase à anses en bronze chinois.

97 — Six assiettes en émail cloisonné de Chine.

98 — Coupe en émail cloisonné de Chine.

99 — Bassin en émail cloisonné de Chine.

100 — Vase, de forme aplatie, en ancien émail cloisonné de Chine, à deux petits anses dragons.

101 — Aiguière en émail cloisonné de Chine; monture faite d'une anse simulant un dragon en bronze doré.

102 — Grande bonbonnière avec série de plateaux en émail de Canton.

103 — Paire de petites jardinières, de forme ronde et lobée, en ancien émail de Canton, décor de fleurs en couleur sur fond bleu turquoise.

104 — Paire de boîtes sphériques en émail de Canton, en forme de fleurs à pétales roses, avec plateaux intérieurs et socles fond bleu.

105 — Petit plateau lobé en émail de Canton, à fond bleu.

106 — Deux boîtes cylindriques avec petits plateaux et couvercle en émail de Canton, décoré de fleurs de couleur sur fond gros bleu.

107 — Boite de forme ovale avec couvercle en métal incrusté d'argent, intérieur avec plateau ajouré.

108 — Vase du Japon émaillé en couleur sur argent.

LAQUES, IVOIRES

OBJETS VARIÉS, CHINE ET JAPON

109 — Deux jardinières en laque de Pékin.

110 — Socle gravé et sculpté en laque de Pékin.

111 — Plat en laque de Pékin.

112 — Plat rectangulaire, supportant deux boîtes couvertes en laque du Japon noir et or, décor de paysages avec figures de femme et enfants, dont les chairs sont en application d'ivoire gravé.

113 — Paire de grands vases-pitongs, formés de branches d'arbre en ivoire laqué et incrustations de nacre gravée et teintée, décor de branchages et oiseaux sur socle à quatre pieds en bois de fer laqué.

114 — Plateau carré à bord élevé en ivoire finement sculpté à jour de feuillages fleuris, orné de coins en argent niellé. Travail chinois.

115 — Boîte à plusieurs compartiments en laque noire, décorée d'emblèmes en dorure, dans une enveloppe en laque de Pékin.

116 — Deux statuettes de jeunes femmes, l'une tenant un oiseau, l'autre un éventail, en ivoire japonais.

117 — Vase-pitong en ivoire finement sculpté, à personnages et pagodes. Travail chinois.

118 — Statuette en ivoire : Japonais avec une poule, singe et grenouille.

119 — Statuette en ivoire : Japonaise avec un singe sur ses épaules et deux enfants auprès d'elle.

120 — Poignard japonais dans sa gaine en ivoire gravé.

121 — Deux petits écrans en ivoire ajouré et pied en bois.

122 — Dragon articulé en ivoire sculpté au naturel. Travail de l'Extrême-Orient.

123 — Groupe en ivoire sculpté et ajouré : Nombreux personnages sur une pieuvre monstre. Travail chinois.

124 — Chaîne de montre, avec médaillon ovale et acier bruni incrusté d'argent et d'or. Travail japonais, écrin en laque noir et or.

125 — Statuette de fumeur japonais en bois et ivoire sculptés.

126 — Service en ivoire, baguette et couteau, dans sa gaine de peau de serpent.

127 — Pinceau chinois en bois et ivoire, avec caractères incrustés.

128 — Deux coupes en corne de rhinocéros sculptée.

129 — Deux petits flacons en verre, et une boîte couverte en céramique.

130 — Lot de socles chinois en bois noirci et bois de fer sculpté et ajouré.

MATIÈRES DURES

131 — Fruit sculpté en jade.

132 — Vase à eau en cristal de roche taillé, sur pied en ivoire sculpté.

133 — Bol en jade.

134 — Petit vase à deux anses en jade.

135 — Bol en jade gravé sur pied en émail cloisonné de Chine ; deux anses dragons en bronze.

136 — Tablette rectangulaire en jade vert, avec inscription gravée et dorée. Socle en bois de fer.

137 — Coupe rectangulaire avec anses et couvercle de forme pyramidale en pierre de lard finement sculpté et teinté bleu, imitant le lapis, repose sur quatre pieds élevés à palmes. Socle en bois de fer sculpté.

138 — Vase à long col, de forme aplatie, en jade simple en relief, avec anses et base ajourés. Socle en bois de fer finement sculpté.

139 — Paire de petits vases avec couvercles, de forme aplatie, en jade vert, anses à têtes d'éléphants et anneaux détachés. Socles en bois de fer.

140 — Petit écran chinois ovale, avec socle formé d'un arbuste et d'une Chinoise couchée, en bois de fer sculpté, orné d'une plaque en jade gravé, ajouré, à décor de canard et feuilles d'eau.

141 — Sceptre de mandarin en jade gravé.

MEUBLES, ÉTOFFES

142 — Meuble-cabinet chinois en bois de fer et plaques en émail cloisonné, ouvre à coulisse, sept tiroirs et une porte.

143 — Table à thé en bois de fer.

144 — Fauteuil chinois en bois laqué.

145 — Pèlerine chinoise en satin rouge et broderie de soie de couleur.

146 — Lambrequin en drap rouge brodé de soie de couleur. Travail chinois.

147 — Deux bandes en satin brodé en soie de couleur. Papillons à fleurs. Travail chinois.

148 — Deux autres analogues fond blanc.

149 — Grand panneau en ancienne broderie japonaise.

www.ingramcontent.com/pod-product-compliance
Ingram Content Group UK Ltd.
Pitfield, Milton Keynes, MK11 3LW, UK
UKHW020524180726
13839UKWH00005B/2287

9 782329 448541